QUANDO MEU SORVETE CAI

Copyright © 2022 por Rodrigo Bibo de Aquino

Publicado pela Thomas Nelson Brasil
em parceria com a Editora Pequeninho.

PUBLISHER
Samuel Coto

EDITORA
Brunna Castanheira Prado

DIREÇÃO DE ARTE
Editora Pequeninho

ADAPTAÇÃO INFANTIL DO TEXTO
Phellip Willian Gruber

ILUSTRAÇÕES
Guilherme Match

REVISÃO
Camile Reis e
Leonardo Dantas do Carmo

CAPA E PROJETO GRÁFICO
Gabê Almeida

Dados Internacionais de Catalogação na Publicação (CIP)
(BENITEZ Catalogação Ass. Editorial, MS, Brasil)

....

B51q
Bibo, Rodrigo.
Quando meu sorvete cai / Rodrigo Bibo, Phellip Willian.
    1. ed. – Rio de Janeiro: Thomas Nelson Brasil, 2022.
    48 p.; il.; 21 × 24 cm.

ISBN: 978-65-56893-14-3

1. Confiança em Deus. 2. Crescimento pessoal. 3. Dúvida. 4. Humildade.
5. Literatura infantil. I. Título.

06-2022/31   CDD 028.5

....

Índice para catálogo sistemático:
1. Literatura infantil 028.5 | 2. Literatura infantojuvenil 028.5

Bibliotecária responsável: Aline Graziele Benitez CRB-1/3129

Thomas Nelson Brasil é uma marca licenciada à Vida Melhor Editora Ltda.
Todos os direitos reservados à Vida Melhor Editora Ltda.
Rua Quitanda, 86, sala 601A – Centro
Rio de Janeiro – RJ – CEP 20091-005
Tel.: (21) 3175-1030
www.thomasnelson.com.br

RODRIGO BIBO
COM PHELLIP E MATCH

QUANDO MEU SORVETE CAI

Todo mundo conhece alguém que parece ser bom em todas as coisas. Uma pessoa que se destaca na escola, nos jogos e é talentosa demais. É o tipo de gente que todo mundo gosta de ter por perto. Este era exatamente o caso de Júlia.

Júlia tirava as notas mais altas da sala, era responsável em tudo que fazia e ainda conseguia tempo para se destacar em um monte de coisas. Ela sabia dançar, jogava xadrez muito bem e cantava como um passarinho.

Sua vida era tão perfeita que, uma vez por semana, sua mãe lhe comprava um sorvete ao voltar da escola. Para Júlia, este era o melhor dia da semana. Ela esperava por ele como um gatinho espera ganhar leite para dormir. Ela nunca disse em voz alta, mas sempre imaginou que o sorvete era um tipo de recompensa por ser a filha perfeita!

Seus pais a amavam, seus amigos a amavam.

Certo dia, a vida perfeita de Júlia começou a desandar um pouco. A professora iria selecionar a voz principal do coral para a apresentação de dia das mães, e Júlia tinha certeza de que seria a escolhida. Mas não foi bem assim.

Júlia ficou revoltada! Ela SABIA que a voz dela era muito mais bonita que a da Luana.

Sua mãe percebeu a tristeza da filha por não ter sido escolhida e resolveu adiantar o dia do sorvete. Mas, por algum motivo, Júlia acreditava que não merecia mais ganhar sorvete algum.

Ainda assim, sorvete era sorvete! Logo a menina se animou ao ver aquele monte de sabor disponível. Escolheu o seu favorito e foi correndo para sua mesa predileta.

Mas aí veio a tragédia. No caminho, por distração e muita ansiedade, tropeçou no cadarço do tênis, e o sorvete foi voando direto para o chão.

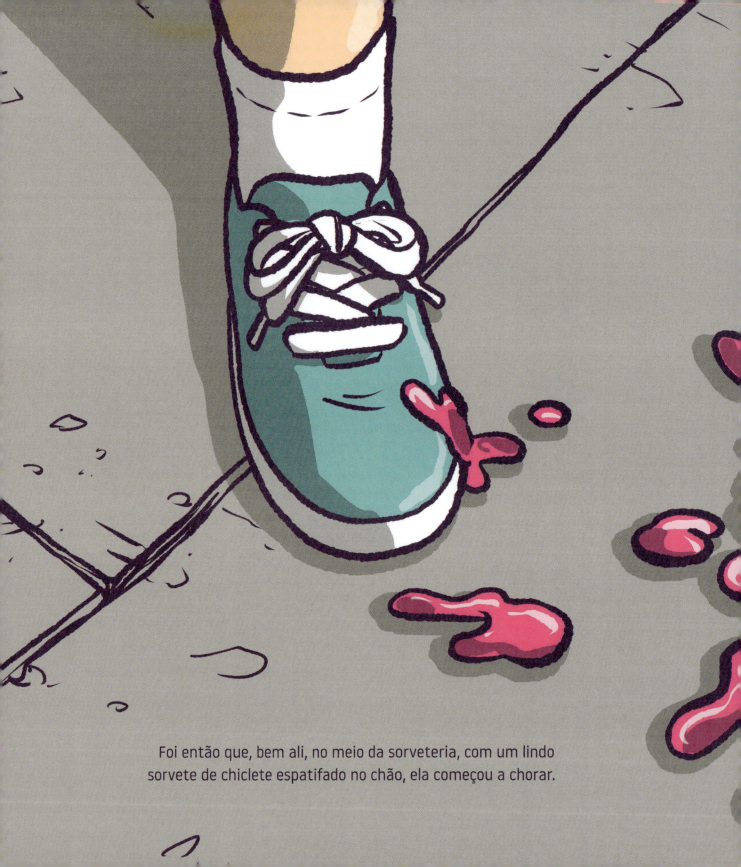

Foi então que, bem ali, no meio da sorveteria, com um lindo sorvete de chiclete espatifado no chão, ela começou a chorar.

Sua mãe até quis lhe comprar outro sorvete, mas Júlia não queria mais. Foram muitas tragédias em um dia só.

Naquela noite, ela ficou pensando em tudo que aconteceu e uma pequena dúvida surgiu em seu coração: "Será que Deus não me ama mais?"

Alguns dias depois, decidiu desabafar com sua melhor amiga, Milena. Sua BFF era perfeita para ajudá-la a encontrar uma resposta.

— Milena, eu estava pensando... Como posso saber que Deus me ama? — perguntou Júlia.
— Ah, sei lá, acho que a gente simplesmente sabe. Já perguntou pra sua mãe?
— Eu tenho vergonha — disse Júlia.
— Bem, a gente pode investigar juntas! — sugeriu Milena.

Depois da aula, as meninas pediram que a mãe de Júlia as levasse até a casa da tia Vera. Era ela quem explicava um monte de coisas da Bíblia no cultinho infantil.

A mulher saiu de casa surpresa, e sua expressão levou as meninas a explicarem:

— Temos uma dúvida importantíssima — começou Júlia. — Como a gente sabe que Deus nos ama?

Tia Vera as recebeu na cozinha e começou perguntando de onde vinha essa dúvida e por que tanta pressa em achar uma resposta.

— É que eu não tenho certeza — disse Júlia.

— Ora, pois saiba que Ele te ama, sim. Às vezes nos sentimos fracos e esquecemos disso, mas basta lembrar de todas as outras vezes que você teve certeza — respondeu tia Vera.

As três conversaram até o meio da tarde, quando a mãe da Milena foi buscá-las.

Mas as amigas saíram de lá ainda reflexivas.
— Eu acho que entendi, mas as coisas estão bem chatas para mim, ultimamente. Deus não deveria ajudar quem faz tudo certinho? — indagou Júlia.
— Talvez meu pai tenha mais respostas — comentou Milena.
— Boa! Tio Bibo sempre sabe o que dizer!

As amigas bateram na porta do escritório do tio Bibo e, assim que ele abriu, foram logo perguntando sobre o que investigavam. Ele sentou na frente das duas e olhou bem nos olhos da Júlia.
— Antes de mais nada, Deus te ama, Júlia. Mas isso não quer dizer que você terá tudo o que quer.

— E como eu sei que algo vai deixar Deus feliz? — perguntou a menina.
— Bom, vou começar a tagarelar agora!

Tio Bibo se ajeitou na cadeira e começou a falar como se estivesse gravando um de seus podcasts:

— Imagina que você é tipo uma super-heroína e seus superpoderes foram um presente de Deus. Eles servem para ajudar as pessoas a saberem que Deus é maravilhoso não apenas para você, mas para todo mundo.

Júlia saiu do escritório do tio Bibo ainda pensativa. Antes, queria saber se Deus a amava, mas depois só queria saber como ela poderia ser parecida com uma super-heroína. Ela passou boa parte daquela noite orando e refletindo.

No outro dia, quando chegou na escola, Júlia notou que Luana estava ensaiando sozinha a música para o dia das mães. Sua colega não conseguia alcançar uma nota alta e desafinava quando cantava. Júlia sentiu uma vontade enorme de contar para a professora e pedir para ser solista no lugar de Luana.

Mas aí, percebeu uma coisa: "Acho que já sei qual é meu superpoder!", pensou ela.

Júlia explicou para a colega que faltava só um pouquinho para ela atingir a nota certa.

    As duas ficaram ali por um tempo, imitando um macaquinho, e se divertiram muito, porque era bem engraçado. Depois Júlia pediu para Luana cantar. Quando ela cantou, conseguiu acertar todas as notas com facilidade, o que encheu seu coração de gratidão:
    — Muito obrigada, Julinha! Eu achava que você faria a voz principal. Você canta muito melhor — disse Luana.
    — Sua voz é ótima — elogiou Júlia. — A professora escolheu a pessoa certa.

Por algum motivo, Júlia já não queria mais cantar o solo. Fazer parte do coral e ver a Luana cantando foi a melhor coisa do ensaio. Talvez seu superpoder fosse ajudar a nova amiga.

Enquanto esperava pela mãe para ir à sorveteria, Júlia ficou lembrando de toda a aventura que teve ao lado de Milena. Apesar da tristeza do começo, agora ela realmente acreditava que Luana havia sido uma boa escolha para o solo. Aliás, ela percebia que não é porque algo deu errado na nossa vida que Deus deixou de nos amar. Às vezes a gente se acha tão importante que deixa de perceber que existem mais coisas no mundo para além da nossa vontade.

Quando a mãe chegou para buscá-la, Júlia sentiu uma grande alegria por ter a vida que tinha. Ela tinha uma família que a amava, amigos com quem podia contar e sorvete de chiclete para alegrar o dia.

Foi então que teve uma ideia: se Deus era tão bom com ela, por que não compartilhar suas bênçãos?

Com a autorização da mãe, convidou os integrantes do coral para tomar sorvete também. Afinal de contas, a nova amiga tinha que celebrar a vitória, e Júlia queria estar lá para aplaudir de pé!

Daquele dia em diante, Júlia percebeu que teria uma nova mesa favorita: aquela em que estivessem todos os seus amigos.

Penso que todos os pais, familiares ou adultos responsáveis, se pudessem, privariam as crianças de frustrações e rejeições. Eu lembro da primeira vez que minha Milena foi rejeitada numa roda de crianças e da tristeza que isso gerou nela. Lembro também da tristeza que isso gerou em mim, quando percebi que essa situação não seria a última na vida dela, que, por melhor pai que eu fosse, a vida nem sempre sorriria para ela.

Quanto mais cedo a criança entender isso, que ela passará por perrengues e terá decepções na vida, quanto antes aprender que a vontade dela nem sempre prevalecerá, maior a chance de, no futuro, ela vir a ser um adulto ou uma adulta com capacidade para transformar limão em limonada, isto é, uma pessoa madura e capaz de lidar com suas emoções.

Quando se trata de fé, também urge a necessidade de ensinar às nossas crianças sobre o Deus que derruba nosso sorvete, ou como intitulei meu outro livro: o Deus que destrói sonhos. Aquele meu pequeno livro, que serviu de base para esse infantil que agora você tem em mãos, causou desconforto em muitos adultos. Olharam com estranheza para a ideia de que Deus destrói sonhos, afinal, sempre ouviram por aí que Deus satisfaz os desejos do nosso coração. Muitos adultos têm uma compreensão equivocada do papel de Deus em suas vidas devido a uma leitura descontextualizada do Salmo 37:4. Não vou entrar em detalhes por aqui, pois já expliquei sobre isso lá no livro, mas versículos descontextualizados geram pretexto para falsas teologias. E falsas doutrinas geram maus comportamentos.

Precisamos romper com a ideia de um Deus domesticado e sempre pronto para nos servir e entender que a vida cristã não é sobre nós e nossas vontades, mas sobre Deus e seu povo. Se nossos desejos, recursos e talentos não servirem ao propósito eterno de Deus na Terra, desperdiçaremos nossa vida correndo atrás do vento.

Eu acredito que as crianças estão aptas para, com a ajuda dos adultos de suas vidas, compreender essa mensagem. Por isso, leia mais de uma vez a história com elas, faça diferentes aplicações, mostre as ilustrações e ajudem-nas a descobrir, junto com Júlia e Milena, a realidade do que verdadeiramente significa ser um discípulo de Jesus.

Rodrigo Bibo,
autor de *O Deus que destrói sonhos*

Rodrigo Bibo de Aquino

é mestre em teologia. Casado com a Alexandra, vive ajudando sua filha Milena e seu filho Kalel com os dilemas da vida. Ele gosta tanto de falar sobre o que aprende sobre Deus, que em 2011 criou um podcast chamado *Bibotalk*, onde ensina e aprende sobre diversos assuntos. Ele também é autor de *O Deus que destrói sonhos*, um best-seller que vive derrubando sorvetes por aí. Inclusive, seu sabor favorito é o de chocolate.

Phellip Willian

é escritor, professor e pesquisador. Já lançou mais de 11 livros, vencendo o Troféu Angelo Agostini, o Prêmio Outras Palavras e sendo finalista do Prêmio Jabuti. Além disso, tem um título publicado na França, Espanha e nos Estados Unidos. Apaixonado pela infância, se realizou quando fundou a Editora Pequeninho com sua esposa e amigos. Se ele pudesse, almoçava sorvete de maracujá todos os dias.

Guilherme Match

é quadrinista e ilustrador, autor de *KOPHEE* e da série *ROCKSLING*. Com influência do mangá e da ficção distópica, seu estilo variado está presente também em mais de 300 ilustrações do *Bibotalk*. Mora em Curitiba e consegue conversar por horas sobre teologia, cafés e *sneakers*. É possível que ele troque o café por um sorvete de flocos, até no inverno.

Nosso propósito é criar parábolas contemporâneas que dialoguem com as crianças e fortaleçam os primeiros passos da fé.

@editorapequeninho

Este livro foi impresso pela Maistype para a Thomas Nelson
Brasil em parceria com a Editora Pequeninho.

A fonte usada no miolo é Noway Round.
O papel do miolo é offset 150 g/m².